Petit ZiZi

Texte de
Thierry Lenain
Illustrations de
Stéphane Poulin

Les 4oo coups

Nous remercions le Conseil des Arts du Canada
de l'aide accordée à notre programme de publication
et la SODEC pour son appui financier en vertu du
programme d'aide aux entreprises du livre
et de l'édition spécialisée.
Nous reconnaissons l'aide financière du
gouvernement du Canada par l'entremise du
Programme d'aide au développement de l'industrie
de l'édition (PADIÉ) pour nos activités d'édition.

L'écriture de cet album a également bénéficié du
soutien du CNL et de l'ARALD.

Un merci tout spécial à Yves Nadon qui nous a fait
découvrir ce texte.

Petit zizi
a été publié sous la direction de Fernande Mathieu.

Conception graphique et montage : Labelle & fille
Correction : Monelle Gélinas

Diffusion au Canada
Diffusion Dimedia inc.
539, boulevard Lebeau
Ville Saint-Laurent (Québec)
H4N 1S2

© 1997 Thierry Lenain, Stéphane Poulin
et les éditions Les 400 coups
Montréal (Québec) Canada

Dépôt légal — 2ᵉ trimestre 1997
Bibliothèque nationale du Québec
Bibliothèque nationale du Canada

ISBN 2-921620-16-2

4ᵉ édition

« Quand j'étais gamin,

on se passionnait pour la longueur de nos zizis respectifs.

Ça nous occupait beaucoup. »

Jean Roba (le créateur de *Boule et Bill*)

Pour Emmanuelle,

au cœur d'ange. — T. L.

Pour Étienne,

qui est encore bien trop petit pour s'en soucier... — S. P.

j usqu'à ce matin,
tout allait très bien.
Comme tous les garçons,
Martin avait un zizi, et ce zizi ne lui posait
aucun problème. Bien sûr,
de temps en temps, Martin s'inquiétait.
Il se demandait si un jour son zizi ressemblerait à celui de son papa.
Mais c'est normal, tous les garçons se demandent ça.
Donc, tout allait très bien.

Seulement, ce matin là, vers dix heures,
Martin se trouvait à la piscine avec sa classe.
Il était en train d'enlever son maillot,
quand brusquement Adrien
ouvrit la porte de la cabine.
— Hé, les gars, venez voir !
Tous les garçons rappliquèrent.
Martin était tout nu, paralysé au fond
de la cabine. Adrien s'esclaffa :
— Regardez le petit zizi !
   Un immense éclat de rire résonna
      dans le vestiaire.

Le professeur surgit. Il éparpilla les spectateurs.

— Allez Martin, dépêche-toi de te rhabiller !

Il cria ça d'un ton moqueur, comme s'il avait été d'accord avec les autres.

De toute façon, Martin en était sûr : le prof ne l'aimait pas.

Il disait toujours que Martin était une vraie gourde,

surtout quand il ratait le ballon, au soccer.

(Martin n'aimait pas le soccer !)

Une fois habillé, Martin n'osa pas sortir de la cabine.

Mais il fallut bien apparaître. Aussitôt, Adrien chanta :

« Petit zizi, petit zizi ! » Et les autres chantèrent avec lui.

Martin retint ses larmes, pour qu'on ne le traite pas encore

de fille manquée. Il bafouilla :

— Et alors, qu'est-ce que ça peut faire ?

Adrien se planta devant lui.

Ses yeux brillèrent de méchanceté.

— Avec un petit zizi,

on peut pas faire de bébé !

Le soir, Martin eut beaucoup de mal à s'endormir.

Il allumait régulièrement sa lampe sous la couverture, et il regardait son zizi.

Il le trouvait plus petit qu'avant.

Et même carrément ri-qui-qui.

Il repensa à ce qu'avait dit Adrien. Martin se fichait bien des bébés.
Les bébés, c'était comme le soccer : il n'aimait pas ça. Oui mais voilà,
il y avait un hic. Et ce hic, c'était Anaïs.
Martin aimait Anaïs. D'ailleurs, tous les garçons de la classe aimaient Anaïs.
Pour se débarrasser de tous ces amoureux, aussi énervants que des mouches
en plein été, Anaïs répétait qu'elle n'aimait personne. Mais Martin pensait
qu'un jour elle changerait peut-être d'avis. Sauf que maintenant
c'était raté-fini-terminé pour lui.

Pourquoi ?

Parce que, après la piscine, l'air de rien,
Martin avait demandé à Anaïs :
— Quand tu seras grande, tu voudras des bébés ?
— Oui, s'était exclamée Anaïs. Dix !
Dix bébés !... Dix !
Mais comment Martin pourrait-il les faire,
avec un si petit zizi ?

L'histoire ne s'arrêta pas là. Le lendemain, Adrien convoqua
tous les garçons de la classe derrière la mairie.
Il déclara :
— Puisque Anaïs ne veut pas choisir son amoureux,
on va le faire à sa place.
Tout le monde fut d'accord.
Sauf Martin.

— Comment tu veux
qu'on décide ça ?
— On va faire un concours,
répondit Adrien.
À celui qui pissera le plus loin.
C'était le jeu préféré d'Adrien,
qui parlait toujours de ces choses-là.
— C'est nul, complètement idiot ! s'écria Martin.
— Évidemment, rétorqua Adrien. Avec ton petit zizi,
tu ne peux faire que des petits pipis !
Tout le monde éclata de rire. C'était reparti pour la chanson :
« Petit zizi, petit zizi ! »
Martin s'enfuit.

Cependant, Martin ne pouvait pas laisser un autre garçon
devenir l'amoureux d'Anaïs. Il aurait été trop malheureux.

Alors tous les soirs, au fond de son jardin,
Martin s'entraîna à faire pipi,

et tous les soirs un peu plus loin.

Ça marchait. Martin devenait un vrai champion, même si ses parents se demandaient s'il n'était pas un peu toc-toc...

Quand, le mercredi suivant, les garçons se retrouvèrent
derrière la mairie, Martin avait bu une bouteille d'eau entière.
Il était fin prêt. Pour l'amour d'Anaïs, il allait gagner.
Pour l'instant, c'était Adrien qui menait.

— À ton tour Martin !

Martin mit les pieds derrière le trait tracé au sol.

Il se concentra... concentra...

Mais, catastrophe, rien ne se passa !

— C'est moi qui ai gagné ! clama Adrien.

C'est moi l'amoureux d'Anaïs !

Le sort en avait décidé ainsi.

Ce fut du moins ce que crurent les garçons...

Le jour suivant, à la récré, Adrien se pavana devant Anaïs.
Il s'était gominé les cheveux avec le gel de son grand frère,
et parfumé avec l'eau de Cologne de son père.

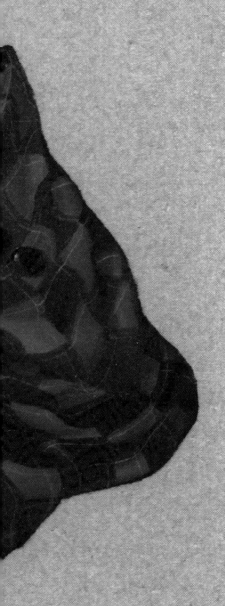

— Voilà, déclara-t-il. On a décidé :

ton amoureux,

c'est moi.

Anaïs se pinça le nez. Elle répondit :

— Mon amoureux, ça sera celui que je veux.

Et en tout cas, pas toi.

Tu sens trop la cocotte !

La bouche d'Adrien s'ouvrit et se ferma,

un peu comme celle d'un poisson dans un bocal.

Il avait l'air très bête.

Anaïs retourna jouer.

Elle croisa Martin, qui n'osa pas la regarder.

Mais elle remarqua quand même ses yeux gonflés.

Il avait pleuré toute la nuit.

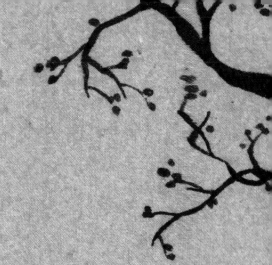

Alors Anaïs fit un détour par la classe.
Elle gribouilla quelque chose sur une feuille de papier,
et puis elle alla la déposer sur la table de Martin
avant de rejoindre ses copines.

Après la récréation, Martin trouva le message.
C'était un cœur. Un gros cœur rouge signé Anaïs.

Le soir, Anaïs et Martin s'embrassèrent.
En les voyant, Adrien recommença à parler comme un poisson.
Il avait décidément l'air très bête.

Anaïs et Martin s'aimeront sûrement longtemps.
Et quand ils seront grands, ils auront
plein d'enfants.
Au moins dix.

Parce que l'amour,
ce n'est pas une question de zizi
grand ou petit.

Fin